Ralf Neubohn

Michael Kerawalla

Premieren-Abend mit Alpaka und Phönix

**Ralf Neubohn**

**Michael Kerawalla**

# Premieren-Abend mit Alpaka und Phönix

Bibliografische Information der Deutschen Nationalbibliothek
Die Deutsche Nationalbibliothek verzeichnet diese Publikation
in der Deutschen Nationalbibliografie;
detaillierte bibliografische Daten sind im Internet
über www.dnb.de abrufbar.

Herstellung und Verlag: BoD – Books on Demand, Norderstedt

ISBN: 978-3-7543-2153-9

**Dieses Buch ist Tapperle, Bärle und Lulu gewidmet, sowie allen treuen Lesern!**

# Inhalt

**Vorwort**

Liebe Leser,

viele Leser meiner ersten vier Alpaka Bände haben mich gefragt, ob das Alpaka nur mit Osterhase, Nikolaus und Weihnachtsmann Abenteuer erlebt hat oder auch mit anderen legendären Persönlichkeiten.

Die Frage ist mit einem klaren: „Ja!" zu beantworten und in den nächsten Büchern des Alpakas geben sich viele andere geheimnisvolle Freunde des Alpakas förmlich die Klinke in die Hand.

Heute berichte ich erstmalig über die gemeinsamen Abenteuer von Alpakalinle und dem aus der Mythologie bekannten Vogel Phönix.

Die geehrten Leser können dabei Neues über den Phönix lernen. Warum er abends äußerst gefährlich ist, mit wem er mythologische Stätten besuchte und was geschah, als ihn ein großes Raubtier fraß! Zusätzlich erfahren die werten Leser um ein Haar, was der Phönix selber frisst, sowie vieles andere wichtige mehr.

Zusammen mit dem Autor Michael Kerawalla ist ein äußerst vielseitiges Buch entstanden. Hoffentlich haben die geneigten Leser daran so viel Freude wie wir selbst. Bis bald?

Ihr Ralf Neubohn

# Ralf Neubohn

## Der Anhalter

Alpakalinle trabte im Urlaub durch alle Mittelmeerländer hindurch, auf den Spuren alter Kulturen. Eines Nachmittags fand es einen erschöpften Vogel und erlaubte ihm, auf seinem Rücken zu reisen, bis dieser wieder zu Kräften kam. Nachdem der Vogel artig gedankt hatte, ging es nun weiter in den Sonnenuntergang hinein. Das Alpaka erkundigte sich nach einiger Zeit: „Wie heißt Du? Warum bist Du schon so früh müde?" Der Vogel erklärte: „Ich bin der bekannte Vogel Phönix, eine alte Sagengestalt. Ich bin unsterblich, auch wenn ich öfters mal zu Asche verbrenne. Denn ich erstehe später aus dieser Asche immer wieder aufs Neue. Bald fange ich wieder Feuer, daher bin ich so müde. Denn es verbraucht sehr viel Energie, von selbst zu verbrennen."

Dem Alpaka wurde es seltsamerweise sehr heiß unter dem Fell, es meinte rein zufällig: „Lass uns hier Rast machen, eine Pause tut uns beiden gut."

Dem Phönix blieb wenig Zeit sich zu wundern, denn nach ein paar Minuten Rast fing er wieder zu brennen an.

Alpakalinle dachte erleichtert: „Glück gehabt! Es stimmt wirklich, man sollte nie Anhalter mitnehmen, denn die können tatsächlich gefährlich sein!"

## Lehrreich

Die Bildungsreise des Alpakas nahm nun in Begleitung des Phönix neue Dimensionen an. Denn dieser Vogel aus uralten Zeiten konnte aus eigenem Erleben über die verschiedensten Kulturepochen berichten. An alten Ruinen entstand so vor den Augen Alpakalinles die jeweilige Stadt neu.

Doch der Phönix wusste nicht nur viel Geschichtliches, auch sein Benehmen zeugte von höchster Bildung. Es war tadellos. Bevor er gelegentlich in Flammen aufging, fragte der Vogel höflich: „Stört es, wenn ich rauche?" Und er rauchte nie direkt neben Leuten, die gerade aßen. Sondern in angenehmen Abstand. Beispielhaft!

## Theben

Eines Tages besichtigten sie Theben. Es musste einst äußerst beeindruckend gewesen sein. Ehrfürchtig lauschte das Alpaka den Erklärungen des Phönix. Der perfekte Reiseführer! Gerade wies er daraufhin: „In Theben ist auch eines der sieben Weltwunder." Erstaunt hielt er mitten im Satz inne. Eine Bergziege lief in der heißen Sonne mit Bergsteigerausrüstung durch die Stadt. Neugierig fragte der Phönix: „Wozu brauchst Du hier Bergsteigerausrüstung?"

Worauf die Bergziege leicht überlegen sagte: „Für die Hängenden Gärten von Theben, falls Du schon mal davon gehört hast. Da die Hängenden Gärten sehr steil sind, kann ich dort nur mit Bergsteigerausrüstung grasen gehen. Ist doch logisch, oder?"

„Ja, klar", äußerste der Phönix völlig verblüfft.

## Die seltsamen Pferde

Alpakalinle galoppierte fröhlich über eine Wiese, als in der Ferne sehr seltsame Pferde sichtbar wurden. Irgendwie wirkten die Hälse länger als sonst. Konnten das vielleicht die sogenannten Giraffen sein? Aber die lebten doch ganz woanders? Interessanterweise schienen sie auch nicht zu grasen, sondern standen nur so herum. War es eine Art von Sphinxen? Neugierig trabte es näher. Aha, es saßen Reiter auf den Pferden. Aber warum so weit vorn? Und wieso sah Alpakalinle keinen einzigen Pferdekopf? Dies fragte das Alpaka die Gruppe auch.

Diese klärten es auf: „Wir sind Zentauren. Eine Mischung aus Pferd und Mensch. Uns gibt es schon seit Jahrhunderten."

Das Alpaka überlegte: „Eine Mischung aus Pferd und Mensch? Das musste doch scheußlich sein! Wenn es sich vorstellte, es wäre eine Mischung aus Alpaka und Nikolaus – einfach schrecklich!"

## Troja

In den Ruinen von Troja streiften unsere Freunde wissensdurstig umher. Was für eine bedeutende Stadt es einst war! Berühmt weit und breit! Noch Jahrhunderte später fesselte die ganze Welt die Geschichte Trojas. Der Phönix setzte zu einer sehr langen Erklärung an, als er sprach: „Nur ein paar kurze Worte..."

Doch das Alpaka winkte ungeduldig ab: „Das habe ich schon in der Alpakaschule gelernt. Um die Stadt zu stürmen, bauten die Griechen ein hölzernes Alpaka, in dem sie sich versteckten. Das hölzerne Alpaka muss riesig gewesen sein. Kein Wunder, gibt es hier kaum noch Bäume."

Dem Phönix blieb vor Staunen der Schnabel offen. „So einen Blödsinn lernen Alpakas in der Schule? Bin ich froh, dass ich ein Vogel bin!"

## Die Alpakadame

Unsere beiden Freunde trafen unterwegs eine schöne Alpakadame. Aufgeregt begann Alpakalinle sinnlos rumzuschwatzen, doch die Alpakadame blieb ungerührt, sogar leicht verächtlich. Dies spornte Alpakalinle noch mehr an, es warf sämtlich Höflichkeitsfloskeln ins Gefecht, allein die Dame blieb unnahbar. Warum zeigte sie die kalte Schulter? Wieso gab sie nicht wenigstens ein paar Höflichkeits- antworten? Wie konnte überhaupt jemand so abweisend sein? Ohne ein Wort zu verlieren, zog die Alpakadame ihres Weges. Verblüfft schaute Alpakalinle ihr nach.

Der Phönix erbarmte sich und klärte es auf: „Diese Dame gehört zum Stamm der Amazonen...“

Der Phönix brauchte gar nicht weiter zu reden, Alpakalinle entfuhr ein erleichtertes: „Ach, so!“

## Das Treffen

Die beiden Helden unseres Buches gerieten einmal in ein Philosophentreffen, zu dem die damals wichtigsten Philosophen anreisten. Ein berühmter Name saß neben dem anderen. Eine geballte Ladung Wissen traf dort aufeinander! Gespannt hörten sie zu, verstanden aber kein einziges Wort. Nicht mal der Phönix konnte der erregten Diskussion geistig folgen. Er blickte immer ratloser drein. Jeder der Anwesenden zwanzig Philosophen vertrat hauptsächlich die Meinung, als einziger Recht zuhaben. Aber das blieb auch die einzige Gemeinsamkeit. Mit brummenden Köpfen entfernten sich unsere beiden Freunde, in denen noch lange alles bis zum schwindlig werden kreiste. Ihre Köpfe fühlten sich dick und schwer an. Die Armen! Aber eines lernten sie: Wissen wiegt tatsächlich sehr schwer. Und wie!

## Das Orakel

Eines Tages besuchten sie eine alte Kultstätte, in der es Alpakalinle eiskalt über den Rücken lief. „Wo sind wir hier?", fragte es ganz eingeschüchtert.

„Hier lebt das Orakel von Delphi", bekam es zur Antwort.

„Warum sind wir hier?", erkundigte sich das Alpaka weiter.

„Weil ich das Orakel fragen will, wie Dein restlicher Urlaub hier verlaufen wird", lautete der Kommentar des Phönix.

Der Besuch beim Orakel verlief sehr unheimlich, so dass wir an dieser Stelle nicht näher darauf eingehen wollen. Es sei hier nur soviel berichtet, das Orakel sprach zum vor Angst bebenden Alpaka: „Du wirst einiges schöne in Deinem Urlaub erleben, aber auch so Schreckliches, dass Du zum Schluss vor Angst um Dein Leben rennst!"

Nicht gerade eine beruhigende Urlaubsprognose. Ob das Orakel Recht behielt? Hoffentlich nicht! Das arme Alpaka! Konnte es bei solchen Prophezeiungen des Orakels vom Reiseveranstalter das Geld für den Urlaub zurückverlangen?

## Die Insel

Eines Tages schlug der Phönix vor: „Heute besuchen wir Herrn Sandzahl. Das ist mal was anderes!"

Das Alpaka fragte: „Herr Sandzahl? Wer ist denn das?"

Lächelnd schüttelte der Phönix den Kopf: „Das soll eine Überraschung für Dich sein."

Alpakalinle hielt es vor Neugier kaum aus. Mit einem Boot fuhren die beiden auf eine Mittelmeerinsel. In der Ferne ragte ein großer Berg auf. Alpakalinle erkundigte sich: „Wie heißt denn dieser große Berg dahinten?"

Die Antwort kam sofort: „Sandzahl."

Verdutzt hakte das Alpaka nach: „Sandzahl? Ich dachte, wir besuchen jemand mit diesem Namen?"

„Tun wir auch", kam es vom Phönix. „Sandzahl ist ein Riese und der Bruder von Rübezahl. In der griechischen Geschichte taucht Sandzahl auch als der Koloss von Rhodos auf. Du wirst begeistert sein! Von seinem Kopf aus haben wir eine tolle Übersicht!"

Alpakalinle überlegte sich: „Wenn dies der Koloss von Rhodos ist, wer weiß, ob er nicht auch einst der Turm von Babylon war? Sachen gibt es!"

## Sandzahl

Der Riese erwies sich als sehr nett. Unsere Helden durften auf seine Handfläche klettern, die er wie einen Aufzug langsam in Richtung seines Kopfes hob.

Auf dem Kopf des Riesen angekommen, lag eine wunderbare Aussicht vor ihnen. Bezaubernd! „Diese Bildungsreise in die Mittelmeerländer ist viel schöner, als ich es je gedacht hätte", ging es dem Alpaka durch den Kopf. „Wissen zum Anfassen!"

Als der Riese sie wieder sanft mit der Hand auf die Erde brachte, schoss es Alpakalinle durch den Kopf: „Ganz wie ein Aufzug! Vermutlich entstanden die Hochhäuser und Aufzüge nach Vorbild dieses Riesen! Jetzt habe ich wieder was Neues gelernt! Das ist wirklich eine unglaublich lehrreiche Bildungsreise!"

## Lektion

Wieder auf dem Festland angekommen, besichtigten die beiden wieder alte Tempelanlagen. Hinter einer Säule versteckt, lauerten zwei besonders brutale Tierquäler auf sie. Staunend besichtigten unsere Freunde die Tempelanlage, ohne die große Gefahr zu ahnen. Schritt für Schritt näherten sie sich dem Verhängnis. Ohne zu wissen, was geschah, saß der Phönix plötzlich in einem Vogelkäfig und gegen das Alpaka holte einer der Tierquäler mit einem großen Messer zum Schlag aus. Hämisch lachten die beiden Unholde! Näherte sich nun unvermeidlich das Ende unseres Reiseberichtes? Nein, denn es erschien eine geisterhafte Erscheinung, die für Gerechtigkeit sorgte! Aus Rücksicht auf jüngere Leser sei nur angedeutet, dass die beiden Täter nie wieder gesehen wurden. „Was war das?", erkundigte sich Alpakalinle tief erschrocken.

„Tja", sprach der Phönix gelassen. „Du hattest kurz die Ehre, Nemesis in Aktion zu sehen. Diese Rachegöttin sorgt früher oder später immer sehr drastisch für Gerechtigkeit."

Diese Lehre beherzigte das Alpaka. Niemals im Leben wich es vom Pfad der Tugend ab!

## Wissen

Der Phönix besaß ein allüberragendes Wissen. Auf alles wusste er die richtige Antwort. So erkundigte sich das Alpaka eines Tages: „Welche Tiere gibt es denn hier im Mittelmeerraum?"

Spontan kam die perfekte Erklärung: „Alpakas und Vögel. Sonst nichts."

Erstaunt meinte Alpakalinle: „Aber ich habe doch schon viele ziemlich verschiedene Tiere gesehen. Manche hatten lange Rüssel, andere schwammen im Wasser..."

„Richtig", bestätigte der Alleswisser. „Bekanntlich gibt es Rüsselalpakas. Diese leben vor allem in Afrika. Schon mein alter Freund Hannibal setzte sie als Kampftiere ein. Damals entstand der unkorrekte Ausdruck Elefanten. Im Wasser hingegen schwimmen grüne Flussalpakas. Die sind sehr gefährlich. In unserer modernen Zeit nennen die Leute die Flussalpakas Krokodile. Ist halt so eine neue Mode. Du siehst: Es gibt nur Alpakas und Vögel. Letztere sind natürlich die Krone der Schöpfung."

Was sollte Alpakalinle dazu sagen? Für eine Entgegnung fehlte ihm leider das Wissen.

## Bibliothek

Um sein mangelhaftes Wissen aufzubessern, besuchte das Alpaka die Bibliothek von Alexandria. Der reinste Tempel der Bildung. Ungeheure Mengen an Schriften warteten hier auf Bildungshungrige. Noch nie hatte Alpakalinle so viel gehäuftes Wissen gesehen. Richtig ehrfurchtseinflößend!

Gebannt begann es alte Schriften zu lesen, als plötzlich sich ein brenzliger Geruch breitmachte. Lag es an einer umgefallenen Kerze? „Oh, nein!", entfuhr es dem armen Alpaka voller Schrecken. Der Phönix brannte im wörtlichen Sinne vor Interesse und setzte damit die Bibliothek in Brand. Leicht angesengt konnte das Alpaka fliehen. Jetzt ging Alpakalinle die Bedeutung des Satzes: „Ich brenne vor Neugier" erst richtig auf. Au, weia!

## Das Alpaka

Auf den Reisen pendelten die beiden Helden meist zwischen Griechenland und Ägypten. Dabei durchstreiften sie häufig Wüsten. Als es mal wieder durch eine der vielen Wüsten ging, jammerte das Alpaka: „Ich habe so Heimweh! Vor allem nach anderen Alpakas! Hier kann ich nur mit Dir und den Kakteen reden!"

„Aha", merkte der Phönix an. „Ich bin Dir wohl nicht gut genug."

Verlegen nuschelte das Alpaka: „Nein, das meine ich nicht. Es gibt eben Dinge, die ein Alpaka nur mit einem anderen Alpaka besprechen kann. Es ist… Oh, da vorne ist ein Alpaka!" Alpakalinle sauste sofort los und hörte nur undeutlich den Phönix rufen: „Das ist nur eine Fata Morgana!"

Alpakalinle dachte: „Vater Organ? Was ist das? Eine dicke Knubbelnase vielleicht? Nun, die hat das Alpaka da vorne wirklich. Und zwei dicke Beulen. Es muss sich schwer angeschlagen haben, dieses Beulenalpaka."

Würde sich Alpakalinle in der Wüste zu Tode rennen? Sterben, wie es schon viele vorher taten?

## Enttäuschung

Allmählich wurde das Alpaka vom Rennen müde. So müde, dass der Phönix es einholte und erklären konnte, was eine Fata Morgana ist. Enttäuscht trabte nun Alpakalinle langsam durch die unendliche Wüste. Es ließ sich von der Fata Morgana nicht mehr täuschen! So ein elender Spuk! Und das auch noch mitten am Tage! In Europa spukte es wenigstens nur nachts. Während es noch vor sich hin murrte, schlug es sich den Kopf an der Fata Morgana an. Wie konnte das bloß möglich sein? Empört befahl es: „Geh mir aus dem Weg, Du olle Fata Morgana!"

Diese zischte: „Ich bin keine Fata Morgana, Du Kamel!"

Empört erwiderte Alpakalinle: „Selber Kamel! Auf Dich Beulenalpaka falle ich nicht herein! Du bist nur eine Fata Morgana, das hat mir der Phönix gesagt!"

Die Antwort ließ an Deutlichkeit nichts zu wünschen übrig: „Der braucht doch schon lange eine Brille! Sonst hätte dieses Kamel schon lange vorher bemerkt, dass ich ein Kamel bin"

Alpakalinle flüsterte enttäuscht: „Du bist ein Kamel, kein Beulenalpaka?"

„Nein, Du Kamel, ich bin ein Kamel! Und wenn Du noch lange nervst, bist Du gleich selber ein Beulenalpaka!" Bedrohlich hob es den rechten Vorderfuß!

Seufzend überlegte sich der Phönix: „Fata Morganas sind auch nicht mehr das, was sie mal waren. Und Beulenalpakas auch nicht! Die Zeiten werden wirklich schlechter. In meiner Jugend war alles besser! Ja, damals..."

## Der Stein des Anstoßes

Bei einem Berg sahen die beiden einen einsamen Mann, der versuchte einen Stein den Berg hochzurollen. Doch kurz vor dem Ziel verließen ihn die Kräfte und der Stein rollte wieder den Abhang hinunter. Dies musste schon sehr oft passiert sein, denn in den Bergfelsen zeigten sich tiefe Spuren davon.

Als der Mann bei glühender Sonne einen erneuten Anlauf nahm den Stein den Berg hoch zu wälzen, sprangen ihm unsere Freude bei. Zu dritt schafften sie es, den Berggipfel zu erreichen. Statt sich bei seinen Helfern zu bedanken, begann der Mann jämmerlich zu weinen. Bestürzt fragten unsere Helden, was für einen Kummer er denn noch habe. Die Antwort machte sie fassungslos: „Seit ewiger Zeit ist es meine Aufgabe den Stein den Berg hoch zu wälzen. Jetzt, da der Stein endlich oben ist, habe ich keine Aufgabe im Leben mehr. Was soll ich nun tun?"

Daraufhin weinte er wieder kläglich. Unsere Freunde stießen den Stein den Abhang hinab und freudig lief der Mann hinterher. Er hatte nun wieder eine Aufgabe im Leben!

# Erfrischung

Während sie historische Bauwerke in der Wüste besichtigten, wurde es Alpakalinle unter seinem dichten Fell immer heißer. Wenn es so weiterging, würde es noch einen Hitzschlag erleiden. Da! Ein Fluss! Das Alpaka nahm Anlauf, rannte zum Fluss... und erstarrte. Es sah die vielen Krokodile.

„Wolltest Du ein Snack für diese Flussbewohner werden?", fragte der Phönix.

„Puh! Mir ist so heiß. Ich halte das nicht mehr aus! Was soll ich bloß tun?", jammerte das Alpaka. Da sah es einen Friseur! Der scherte das Alpaka so gründlich, dass diesen von nun an kein Schweiß mehr runter lief.

Der Phönix kicherte: „Du siehst jetzt wie ein geschorenes Lamm aus!"

„Mag sein, aber wenigstens schwitze ich nicht mehr so!", bekam er erwidert. Dies machte den Phönix so nachdenklich, dass der Vogel sich auch scheren ließ. Danach war auch ihm nicht mehr heiß, dafür lästerte das Alpaka: „Du siehst jetzt wie ein gerupftes Suppenhuhn aus!"

Suppenhuhn und Lamm gingen einträchtig weiter ihres Weges, von hungrigen Augen verfolgt. Hoffentlich kamen sie unversehrt durch den Urlaub!

## Pech gehabt

Unsere beiden Helden wanderten nun nackt durch die Wüste. Bei einem kleinen Dorf angekommen, dachten die Einheimischen: „Diese Touristen sind doch völlig verrückt. Glauben die denn, sie sind an einem riesigen FKK-Strand?" Der Dorfpolizist ließ diesen Gedanken Taten folgen und sperrte sie wegen Erregung öffentlichen Ärgernisses ein. Da der Phönix nach dem Polizisten pickte, folgte für ihn noch eine zusätzliche Strafe wegen Widerstand gegen die Staatsgewalt. Im Gefängnis mussten beide so lange bleiben, bis ihr Fell bzw. Federn wieder ordentlich-sittlich an ihnen saßen. Zuerst durfte Alpakalinle wieder in die Freiheit. Es machte sich auf den Weg nach Babylon. Unterwegs sah es verkohlte Reste eines Schlittens mitten in der Wüste. Alpakalinle fuhr es durch den Kopf: „Aha, da ist der Nikolaus mit seinem Schlitten wohl zu nah an die Sonne gekommen, wie einst Ikarus. Tja, Höhenflüge jeglicher Art sind nicht immer gut! Ob der Nikolaus den Absturz wohl überlebt hat?" Eine gute Frage!

## Die Sternschnuppe

Eines Abends betrachtete Alpakalinle den Abendhimmel. So viele Sterne! Einfach schön! Da sauste eine Sternschnuppe nah vorbei. Natürlich wünschte es sich sofort was. Ob es wohl in Erfüllung ging? Ein Stück weiter schlug die Sternschnuppe glimmend auf. Da das Alpaka schon eine weile vor Kälte fror, trabte es nah heran. Ach, wie gut tat ihm die Wärme! Aus einem Gebüsch nahte der Nikolaus, um sich am Feuer Würste zu grillen. Die beiden unterhielten sich gemütlich, bevor sie am Feuer einschliefen.

Morgens gab es eine große Überraschung. Aus der Feuerasche erstand Phönix neu. Alpakalinle und dem Nikolaus fielen die Augen schier aus dem Kopf. Sowas konnte es doch nicht geben! Doch für den Nikolaus kam es noch schlimmer. Phönix fuhr den Armen an: „Was fällt Dir ein an mir Deine blöden Würste zu braten? Du oller Rocker! Wie alle jungen Leute hast Du kein Benehmen!"

„Junge Leute?", dachte der Nikolaus. „Ich?"

Aber es stimmte. Im Vergleich zum Phönix konnte man ihn nur einen Jüngling nennen.

## Die Einladung

Der Nikolaus lud Alpakalinle und den Phönix zum Essen in sein Lieblingsrestaurant ein. Was es da wohl für Delikatessen zum Essen gab? Schwäbische? Griechische? Arabische?

Sie betraten das Lokal, der Nikolaus bestellte für alle gemeinsam das Essen. Alpakalinle lauerte gespannt, was es gleich in seinem Futternapf finden würde! Auch der Phönix flatterte aufgeregt mit seinen Flügeln. Beide Tiere erstarrten, als das Essen kam. Es lag in keinem Futternapf, sondern auf einem flachen Ding, das Teller hieß! Dazu legte der Kellner jedem zwei Ästchen hin. Das Alpaka fragte: „Was ist das? Was sollen wir damit? Ist das eine Art Salzstängel?"

„Nein", erwiderte der Nikolaus. „Das sind Stäbchen. In chinesischen Lokalen isst man damit."

Alpakalinle betrachtete seine Hufe, der Phönix seine Flügel. Beide überlegten, wie sie wohl mit Stäbchen essen sollten.

Eine gute Frage oder haben Sie schon mal ein Alpaka und einen Phönix mit Stäbchen futtern gesehen?

## Oase

Am nächsten Tag verabschiedete sich der Nikolaus, da viel Arbeit auf ihn wartete. Er musste unter anderen seinen Schlitten abschleppen und reparieren lassen.

An einer Oase tranken unseren beiden Freunde Wasser. Dabei neigte sich der Phönix zu weit vor und fiel wörtlich herein. Alpakalinle rettete den völlig Durchweichten vor dem Ertrinken. „Oh, sind nasse Federn schwer!", klagte der Phönix. „Kannst Du mich nicht mit einem Föhn trocknen oder zumindest trocken pusten?"

Alpakalinle pustete kräftig. So kräftig, dass die Palmen schaukelten. Der Phönix rief entsetzt: „He, Du bläst mich ja fort!"

Das Alpaka schaute verwundert zu, wie der Phönix mit ungeheurer Kraft fortgewirbelt wurde. Noch nie hatte es zuvor gewusst, dass es so stark blasen konnte. Tat es auch nicht! Denn als es zu blasen begann, setzt gerade zufällig ein großer Sandsturm ein, der drei Stunden tobte. Dabei begrub er das arme Alpaka unter einer großen Sandschicht. Mühsam grub es sich später wieder frei und fasste den Entschluss: „Nie wieder spiele ich daheim im Sandkasten. Sand ist wirklich gefährlich!"

## Tiger

Alpakalinle besuchte gerne die verschiedensten Zoos. Vor allem die Tiere in den Freigehegen hatten es dem Alpaka angetan. Plötzlich stutzte es. Äußerst merkwürdige Geräusche erklangen. Eine Art stöhnendes Ächzen. Fraß der Tiger gerade einen unvorsichtigen Besucher? Nein, die große Raubkatze wälzte sich kläglich maunzend herum. Alpakalinle erkundigte sich besorgt: „Was ist denn mit Dir passiert? Zuviel gefressen? Soll ich Dir zur Verdauung ein Brötchen mit Katzenminze holen?"

Der arme Tiger keuchte: „Zuviel habe ich nicht gegessen. Aber offensichtlich zu scharf. Ich habe furchtbares Sodbrennen! Das Brathähnchen muss wohl zu stark gewürzt gewesen sein."

Das Alpaka wunderte sich. In den Zoos wurden seines Wissens nie Brathähnchen an die Raubtiere verfüttert. „Wo hast Du es gefunden? In Deinem Futtertrog?"

Der Tiger erklärte: „Nein, das Brathähnchen kam knusprig braun angeflogen."

Alpakalinle sagte bedauernd: „Tja, Du wirst leider noch lange Sodbrennen haben. Ich glaube, Du hast einen allmählich verbrutzelnden Phönix gegessen. Die sind sehr schwer verdaulich."

Merke: Nicht alles, was vom Himmel fällt, ist auch himmlisch lecker!

## Imbiss

Alpakalinle genoss gerade einen veganen Imbiss, als der Phönix wieder auftauchte. Das Alpaka begrüßte kauend den Gast: „Schön Dich wieder zu sehen!"

Da der Phönix sehr viel Wert auf gutes Benehmen legte, rügte er: „Man spricht nicht mit vollem Mund! Das gehört sich nicht!"

In solchen Momenten erinnerte der Vogel Alpakalinle sehr an seinen strengen Lehrer in der Alpakaschule. Es antwortete: „Verzeih, bitte lasse mich nicht als Strafarbeit hundertmal ‚ich darf nicht mit vollem Mund reden', abschreiben."

Kichernd meinte der Phönix: „Damals nahm ich bei einem alten Philosophen Unterricht. Der ließ mich sogar zweihundertmal diesen Satz in Steintafeln einmeißeln."

Erleichtert sprach das Alpaka: „Puh, dann hatte ich es mit meinem Lehrer ja noch richtig gut. Was essen Phönixe eigentlich?"

Der Vogel erklärte gut gelaunt: „Am liebsten frisches Alpakafleisch. Nein, das ist nur Spaß. Am liebsten mögen wir..."

Doch das hörte Alpakalinle nicht mehr, schon nach ‚Alpakafleisch' war es auf der Flucht! Armes Alpaka! Ob wir es im nächsten Buch wiedersehen? Oder wird die Flucht unendlich sein? So oder so: Das Orakel behielt Recht!

# Michael Kerawalla

## Der unheilvolle Phönix

Der Phönix, jener sagenumwobene Vogel, der abends verbrennt, um morgens aus seiner Asche aufzuerstehen, flog einst über eine Stadt. Die zahlreichen bunten Lichter faszinierten ihn, weshalb er länger über der Stadt kreiste, um den Anblick zu genießen. Als sich der Tag dem Ende zuneigte, spürte der Phönix, dass er bald wieder verbrennen würde, weshalb er sich nach einem geeigneten Landeplatz umsah. Ein überdachtes Areal erschien ihm passend, also steuerte er darauf zu und setzte wenig später dort auf. Zwischen den säulenartigen Erhebungen fand er ein gemütliches Plätzchen, wo er sich niederließ und verbrannte. Leider wusste unser Phönix nicht, dass er an einer Tankstelle gelandet war, wo sein Feuer verheerende Wirkung hatte und zur Explosion des ganzen Geländes führte! Die rasch herbei eilende Feuerwehr brauchte die ganze Nacht, um den Brand zu löschen. Für die Polizei blieb es ein Rätsel, was die Explosion auslöste, weshalb sie das Gelände absperrte und bewachte. Durch die große Aschemenge wuchs der Phönix am Morgen zu zehnfacher Größe an, als er neu entstand! Die Polizisten staunten nicht schlecht, als der monströse Vogel plötzlich vor ihnen erschien. Dem Phönix selbst lief durch die zahlreichen Menschen, die jedoch wesentlich kleiner waren als sonst, das Wasser im Mund zusammen. Das würde ein reichhaltiges Frühstück! So rannte er kreischend auf die Polizisten zu, die entsetzt ihre Maschinenpistolen hoben und das Feuer eröffneten. Diesem Kugelhagel war selbst unser Phönix nicht gewachsen, weshalb er röchelnd zusammenbrach und erneut verbrannte. Einer der Polizisten hatte beobachtet, dass der Vogel aus der Asche der Tankstelle entstanden war, weshalb man sich dazu entschloss, die Asche möglichst rasch zu entfernen und auf zahlreiche Mülltonnen zu verteilen, damit der Vogel nicht noch einmal daraus entstehen konnte. Am nächsten Morgen entstand der Phönix trotzdem, jedoch in normaler Größe, in einer der Mülltonnen. Zunächst wunderte er sich, warum es immer noch dunkel war, obwohl der Tag bereits begonnen hatte, bis ihm klar wurde, dass er sich in einer Tonne befand, die ziemlich eklig roch! Er probierte den Deckel aufzustemmen, was ihm jedoch erst nach zahlreichen Versuchen gelang. Dazu stank er inzwischen genauso unangenehm, wie die Mülltonne, weshalb er zuerst einmal einen Platz suchte um sich zu reinigen. Den fand er am frühen Morgen im noch geschlossenen Freibad. Er ließ sich in das große Becken fallen und wusch sich das Gefieder, wobei sein inneres Feuer das Wasser des Schwimmbades bald zum Kochen brachte, was dem Vogel nur recht war. So konnte er sich wenigstens von dem ekligen Gestank befreien. Als der Phönix seine Reinigung beendet hatte, war fast schon das gesamte Wasser des Schwimmbeckens verdampft! Zufrieden flog der Vogel davon, während das Wasser des Schwimmbades nicht lange in der Luft blieb, sondern sich rasch zu einem Gewitter auftürmte, das einige Zeit später mit ungeheuren Regenmengen die Stadt überflutete! Der Phönix wunderte sich nur über das immense Gewitter hinter ihm, während er ruhig weiter flog. Am Abend kreiste er dann über einem beleuchteten Areal, das mit seinen großen, flachen Gebäuden einen idealen Landeplatz darstellte. Er ließ sich auf einem der Gebäude nieder und verbrannte. Dass es sich dabei um die Lagerhallen einer Papierfabrik handelte, konnte er nicht wissen. Das Dach des Gebäudes war der Hitze des verbrennenden Phönix nicht gewachsen und schmolz rasch durch, wodurch der Inhalt der Halle sofort lichterloh in Flammen aufging! Das Feuer griff rasch auf weitere Lagerhallen über und verursachte einen Großbrand, den die rasch herbei eilende Feuerwehr kaum unter Kontrolle bekam, weshalb der Phönix nach seiner Auferstehung am nächsten Morgen zuerst einmal eine kräftige Dusche aus Löschwasser über sich ergehen lassen musste. Weil er mit nassen Federn nicht fliegen konnte, rannte er kreischend davon und trocknete sich etwas weiter entfernt mit ausgebreiteten Schwingen, weshalb ihn einige der Feuerwehrmänner mit einem Cormoran verwechselten und sich wunderten, was so ein Vogel hier machte. Hätten sie geahnt, dass er die Schuld an dem Brand trug, wäre es dem Phönix sicher schlecht ergangen und er müsste für den Rest seiner Tage in Gefangenschaft leben. So aber erhob er sich, nachdem seine Flügel getrocknet waren, und flog weiter. Am folgenden Abend sah er in geringer Entfernung einen großen Berg und daneben die Lichter einer Stadt. Der einzig sichere Landeplatz war der Gipfel des Berges, welcher den Krater eines erloschenen Vulkanes darstellte. Dessen Magmakammer war jedoch inzwischen wieder gut gefüllt und hatte sich bis knapp unter den Krater erweitert. Die Abdeckung hätte sicher noch einige Jahre gehalten, doch der Phönix landete im Krater, verbrannte und schmolz dabei das Gestein, so dass sich die Magmakammer öffnete, und ein gewaltiger Vulkanausbruch folgte, der die nahe Stadt fast vollständig vernichtete! Als der Vogel am nächsten Morgen auferstand, hatten große Lavamengen die Stadt unter sich begraben und der Vulkan tobte immer noch, weshalb unser Phönix schleunigst davonflog! Am Abend des gleichen Tages sah er wieder Lichter, die ihn magisch anzogen. Diesmal handelte es sich um eine große Raffinerie, die allerlei Treibstoffe und hochbrennbare Gase erzeugte. Der Geruch war dem Vogel zuwider. Da er jedoch demnächst verbrennen würde, blieb ihm keine Wahl und er setzte zur Landung an. Dass er sich dabei gerade die Spitze eines Gastanks aussuchte, war fatal! Die Wandung schmolz vom enorm heißen Feuer des Phönix durch und setzte den Inhalt frei, der sofort in einer gewaltigen Explosion verging, welche weitere Tanks in Mitleidenschaft zog, so dass eine Serie von Explosionen die Raffinerie erschütterte! Zwar war die Feuerwehr schnell zur Stelle, doch das rasch um sich greifende Feuer verursachte immer mehr Explosionen und enorme Hitze, so dass sich die Löscharbeiten über mehrere Tage hinzogen. Auch diesmal wurde der Phönix nach seiner Auferstehung abgeduscht, doch diesmal mit Löschschaum, nicht mit Wasser! Glücklicherweise gab es nicht weit entfernt einen See, in dem sich der Phönix reinigte, wobei auch dort wieder durch sein inneres Feuer fast alles Wasser verdampfte, bevor er weiter flog. Das folgende Gewitter war diesmal sehr hilfreich beim Löschen der Raffinerie. Inzwischen hatte der Phönix wieder eine Stadt erreicht, die ihn abends mit ihren Lichtern lockte. Diesmal ließ er sich in einem offenen Parkhaus nieder. Leider verbrannte er auf einem Fahrzeug mit undichtem Wasserstofftank, der gut gefüllt war! Die gewaltige Explosion schleuderte nicht nur die umgebenden Fahrzeuge durch die Gegend, wobei diese ebenfalls in Brand gerieten und teilweise explodierten, sondern zerstörte auch einen ganzen Straßenzug, der darauf lichterloh in Flammen stand! Wieder dauerten die Löscharbeiten mehrere Tage. Diesmal hatte der Phönix Glück, denn er entstand aus einem Aschehaufen am Rand der Szenerie, so dass er diesmal nicht geduscht wurde, und gleich weiter fliegen konnte. Durch heftige Winde abgetrieben kreiste er abends über einem Waldgebiet. Keine Lichtung war in Sicht, nur das geschlossene Kronendach der Bäume, und der Zeitpunkt des Verbrennens stand unmittelbar bevor, so dass der Phönix in seiner Verzweiflung auf dem Waldboden landete und verbrannte. Natürlich griff das Feuer rasend schnell auf die umgebenden Bäume über und wurde zu einer regelrechten Feuerwalze, die durch den Wald raste und alles auf seinem Weg entzündete! Der folgende Waldbrand war der größte und schlimmste, der je in diesem Gebiet wütete. Die Feuerwehr war machtlos angesichts der Ausmaße des Brandes, der sein eigenes Klima schuf und bald schon die ersten Ortschaften vernichtete. Die Waldbrände dauerten mehrere Wochen und zerstörten nahezu das gesamte Areal! Für den Phönix war die Situation auch sehr unangenehm, denn sobald er irgendwo neu entstand, verbrannte er sofort wieder in dem verheerenden Feuersturm! Erst nachdem das Feuer fast aus war, gelang es ihm endlich, davon zu fliegen. Am folgenden Abend sah der Phönix mehrere dunkle Seen unter sich, deren Inhalt jedoch klein Wasser war, denn die Flüssigkeit war schwarz und dickflüssig. Immer wieder stiegen Gase in Form dicker Blasen daraus auf. Neugierig landete der Vogel und besah sich einen der Seen näher. Der Gestank war heftig, aber auch irgendwie vertraut! Die Oberfläche der Gasblasen schimmerte in allen Farben, was den Phönix faszinierte. Er vergaß ganz die Zeit, bis er schließlich verbrannte. Da die Seen mit Erdöl gefüllt waren, ging die ganze Gegend natürlich sofort in Flammen auf! Da die austretenden Gase auch die Kanalisation einer nahen Stadt durchwaberten, explodierten diese durch den entstehenden Brand, weshalb die Gullydeckel abgesprengt und durch die Luft geschleudert wurden, während mächtige Feuerfontänen aus den Abflüssen senkrecht nach obern donnerten und ganze Straßenzüge in Schutt und Asche legten! Die Ölseen brannten monatelang weiter und waren einfach nicht zu löschen, während ein Großteil der Stadt zerstört wurde! Der giftige Rauch aus den brennenden Ölseen legte sich über die Gegend, weshalb sie schließlich von den Bewohnern aufgegeben wurde und diese von dort fortzogen. Der Phönix entstand auch diesmal wieder neu und zog weiter auf seinem Flug durch die Welt, wobei er immer wieder ungewollt Katastrophen verursachte und Naturgewalten aktivierte, deren verheerende Wirkung Mensch und Tier zu spüren bekamen. Die Reise des Phönix war von Chaos und Zerstörung geprägt! Ihr Ende war noch lange nicht in Sicht!

Wie Sie, werte Leser, sehen, oder besser gesagt lesen können, sorgt der Phönix für so manches Unheil! Das hat er auch schon früher, weshalb manche Geschehnisse aus der Vergangenheit neu erzählt werden müssen. So entstand der Brand von Troja nicht etwa durch den Angriff der Griechen, sondern durch einen Phönix, der sich abends auf das hölzerne Pferd setzte, in welchem sich die Griechen verbargen. Dort verbrannte er und setzte damit natürlich die gesamte Holzkonstruktion unter Feuer. Die gegrillten Griechen retteten sich mit brennenden Haaren ins Freie und rannten entsetzt kreischend durch die Straßen, während das brennende Pferd zusammenbrach und die ganze Stadt verwüstete. Die brennenden Haare der Griechen veränderten die Modewelt! Deshalb steckten sich manche Kulturen später senkrecht stehende Federn ins Haar, was die Flammen symbolisieren sollte!

Auch der Brand von Rom unter Kaiser Nero wurde durch einen Phönix ausgelöst, der abends auf einem hölzernen Gebäude landete und dort verbrannte. Das Feuer griff rasch auf das Haus und die umstehenden Gebäude über und verwüstete schließlich die ganze Stadt!

Sicher sind noch weitere Katastrophen der Früh- und Jetztzeit auf das Einwirken vom Phönix zurückzuführen. Ich werde ihnen berichten, sobald neue Erkenntnisse vorliegen. Bis dahin bleiben sie wachsam und beobachten wenigstens mit einem Auge den Abendhimmel. Falls sich ein Phönix herabsenken sollte, ergreifen sie möglichst schnell die Flucht, soweit sie nicht feuerfest gekleidet sind!

## Über den Autor Michael Kerawalla

Michael Kerawalla, geboren in Indien, ist Diplom-Biologe und hat im Jahre 2006 sein erstes Fantasybuch vollendet, dem bald darauf ein weiteres folgte. Dieses spielte in einer Unterwasserwelt.
Bekannt ist er aber vor allem für seine vielseitigen Kurzgeschichten, die zusammengefasst in seinem dritten Buch erschienen.
Er hat 2014 den „Neuen Literaturpreis Remstal" gewonnen.

Eigene Veröffentlichungen:
„Turoon", erschienen 2011, 316 Seiten. Tiefsee-Fantasy Roman.
„Jibby-Serie" Teil 1: „Die einsame Elfe", erschienen 2018, 176 Seiten. Fantasy-Roman.
„Homoroid-Serie" Teil 1: „Timuris Auftrag", erschienen 2018, 160 Seiten. Dystopischer Science-Fiction-Roman.
„GemAI-Serie" Teil 1: „Die missachteten Engel", erschienen 2019, 248 Seiten. Science-Fiction Roman über künstliche Intelligenzen.

Er veröffentlichte zusammen mit Ralf Neubohn:
„Im Tal der Autoren", erschien 2014 und enthält auf 116 Seiten Kurzgeschichten der beiden Autoren.
„Live von der Gartenschau", erschien 2018 und enthält 96 Seiten Kurzgeschichten.
„Galaabend für die Gartenschau", erschien 2018 und enthält 60 Seiten Kurzgeschichten.
„Die Gartenschau im Rampenlicht", erschien 2018 und enthält 92 Seiten Kurzgeschichten.
„Gartenschau Phantasie", erschien 2019 und enthält 72 Seiten Kurzgeschichten.
„Abschiedsvorstellung für die Gartenschau", erschien 2019 und enthält 96 Seiten Kurzgeschichten.

## Über den Autor Ralf Neubohn:

Ralf Neubohn hat bereits zahlreiche Bücher geschrieben bzw. herausgegeben und ist einem breiten Publikum durch regelmäßige Lesungen bekannt.

Er hat auch einen Literaturpreis gestiftet. Den „Neuen Literaturpreis Remstal".

Neubohn schreibt Krimis, Lyrik, heitere Romane und Kurzgeschichten.

**Bücher von Ralf Neubohn:**

Da viele Leser immer wieder nach einer Übersicht meiner lieferbaren Werke fragen, hier nun ein Teil der über den Buchhandel erhältlichen Titel. Alle kann ich hier nicht auflisten, weil es einfach zu viel ist, was es an Büchern von mir als Autor und Herausgeber gibt.

**Gedichte**

„Hier und Jetzt"

„Frisch gewagt"

**Gedichte und Kurzgeschichten**

„Die zauberhaften Altbohns"

**Bücher mit schwarzen Humor Gedichten**

„Die Gartenschau-Morde"

„Tod auf dem Kaktus"

„Neues vom 1. April"

**Kurzkrimis**

„Mörderisch gut"

**Alpaka Reihe**

„Die Alpakas vom Nikolaus"

„Der Nikolaus und sein Alpaka auf Tournee"

„Applaus für Alpaka und Osterhase"

„Das Comeback des geheimnisvollen Alpakas"

„Premieren Abend mit Alpaka und Phönix"

**Gartenschau Trilogie**

„Flammenfeder live von der Gartenschau"

„Gartenschau Phantasie"

„Herzlich Willkommen Gartenschau"

„Galaabend für die Gartenschau"

„Abschiedsvorstellung für die Gartenschau"

„Die Gartenschau-Morde"

„Tod auf dem Kaktus"

„Neues vom 1. April"

„Gartenschau Magie"

„Die Gartenschau im Rampenlicht"

## Heiteres aus dem Autorenleben

„Im Tal der Autoren"

„Alle Autoren an Bord"

„Terry ein Schotte in Schwaben"

„Die zauberhaften Altbohns"

## Science Fiction/ Fantasy

„Sam Space"

## Jahresfeste

„Weihnachten mit dem literarischen Kleeblatt"

„Auf der Suche nach dem verlorenen Osterei"

„Weihnachten und Silvester mit Flammenfeder"

„Vorhang auf für Nikolaus, Weihnachten und Ferien"

„Bühne frei für Fasching und Halloween"

„Die Alpakas vom Nikolaus"

„Die Bettsocken vom Weihnachtsmann"

„Silvester und Weihnachtsmarkt geben sich die Ehre"

„Der Nikolaus und sein Alpaka auf Tournee"

„Applaus für Alpaka und Osterhase"

„Halloween im Scheinwerferlicht"

„Das Comeback des geheimnisvollen Alpakas"

Weitere Bücher von mir liste ich einem der nächsten Bücher von mir auf, sonst wird es heute ein bisschen zu viel.

Ich möchte noch darauf hinweisen, dass Bücher bei einigen Verlagen nicht unbegrenzte Zeit lieferbar sind. Wenn Bücher bereits lange auf dem Markt sind bzw. wenn es von diesen schon mehrere Auflagen gab, werden dann oft keine Auflagen davon mehr gedruckt.

Diese Bücher sind dann also irgendwann nicht mehr lieferbar. Daher kann ich nur dringend empfehlen, Bücher die Sie interessieren, rechtzeitig über Ihre Buchhandlung zu bestellen.

Bereits schon jetzt gibt es sehr viele Bücher von mir nicht mehr, die ich deshalb hier erst gar nicht aufgelistet habe.

**Nachwort**

Liebe Leser,

Sie sind nun an das Ende unseres kleinen Büchleins gekommen. Wir hoffen, Sie gut und abwechslungsreich unterhalten zu haben.

Falls Sie beim Lesen auf den Geschmack gekommen sind, so gibt es von uns viele weitere schöne Bücher zum selber Genießen oder als originelles Geschenk für andere. Etwa zu Ostern, Weihnachten und Geburtstagen.

Mit freundlichen Grüßen und hoffentlich bis bald!

Ihr Ralf Neubohn

**Lesetipp:**

**Ralf Neubohn und Michael Kerawalla:**
**„Das Comeback des geheimnisvollen Alpakas"**

Die folgenden Textproben sind von Ralf Neubohn

**Missverständnis**

Alpakalinle besuchte eines Tages ein riesiges, imposantes Gebäude. Was sich wohl darin befand? Ein Museum? Ein Palast? Neugierig trat es ein. Ein langer Gang folgte dem anderen, bevor der Weg vor einem großen hölzernen Tor endete. Ein Palastgarten? Oder der Ausgang? Das Alpaka stieß das Tor schwungvoll auf und betrat einen sandigen Platz. Von wegen Garten! Eher ein Ort für Tennis! Plötzlich erschallte ein lautes Raunen von den Zuschauerrängen, Fanfaren erklangen. Alles erinnerte ein wenig an ein Tennisturnier. Ein Mann in merkwürdiger Kleidung erschien und winkte mit einem Tuch. Hatte er Schnupfen? Oder war es das Startzeichen für ein Autorennen? Alpakalinle winkte freundlich zurück. Niemand sollte behaupten können, Alpakas hätten kein gutes Benehmen! Der Mann blickte erstaunt drein! Vermutlich erlebte er es selten, dass jemand seinen freundlichen Gruß erwiderte. In diesem Augenblick ritt ein anderer Mann mit einem langen Garderobenhaken heran. Freundlich dankend hängte Alpakalinle seinen Sonnenhut daran und begann mit dem Pferd einen langen Plausch, zu dem sie sich beide in den Sand setzten. Der arme Reiter fiel vom Pferd und starrte wie gebannt auf die sprechenden Tiere.

Alpakalinle fragte das Pferd: „Was machst Du denn hier?"

Dieses erwiderte: „Ich bin das Pferd vom Torero und wir jagen hier immer wilde Stiere. Aber irgendwie kamst heute Du statt dem wilden Stier in die Arena."

„Ach", erwiderte das Alpaka: „Den Stier habe ich vorhin in den langen Gängen getroffen und weil der Arme so schwitzte, habe ich ihm ein riesiges Eis spendiert, welches er jetzt wohl noch lutscht…"

Der Torero schlich sich währenddessen an das Alpaka heran. Wenn er heute schon keinen Stier erlegte, sollte wenigstens ersatzweise Alpakablut fließen! Er holte zu einem wuchtigen Schlag aus, bevor der Schock seines Lebens kam! Hinter ihm stand der Stier und rülpste so laut, dass dem Torero das Trommelfell platzte und er seitdem nie wieder richtig hörte.

Zufrieden mit sich, dem Leben und der Welt verließen die drei Tiere die Arena und besichtigten in Ruhe die schöne Stadt.

In der Stierkampfarena geschah mittlerweile zutiefst Erschütterndes! Der Torero öffnete das Holztor etwas weiter, in der Hoffnung eines weiteren Stieres. Stattdessen trat völlig gelassen ein kleines Kätzchen herein, machte mitten auf dem Sandplatz ein Häufchen und stolzierte nach getaner Arbeit wieder heraus.

Der Torero überlegte sich ernsthaft, ob er wegen der Blamage des heutigen Tages Harakiri begehen sollte oder lieber in den Vorruhestand gehen. Noch so einen Tag hielten seine Nerven nicht mehr aus!

## Folgenschwer

Alpakalinle begegnete mal zufällig dem Osterhasen auf einer Wanderung. Dieser saß am Straßenrand mit hängenden Pfötchen. „Was ist los mit Dir?" fragte das Alpaka.

„Ach, ich habe so müde Pfötle vom Laufen. Kann ich nicht wie in einem Western auf Dir durch die Prärie sausen?"

Empört entgegnete das Alpaka: „Ich bin doch kein Gaul von irgendwelchen Cowboys! Davon abgesehen: Du bist ziemlich schmutzig! So verdreckt kannst Du nicht auf meinem wohlgeformten, aerodynamischen Rücken sitzen! Wasche Dich erstmal!"

Verärgert rief der Osterhase: „Waschen? Bin ich etwa ein Waschbär oder ein Seehase? Mein kostbares Fell lasse ich nicht verwässern! Ich mag schon keine verwässerten Getränke, aber ein verwässertes Fell erst recht nicht. Es klebt nass, ist schwer und bei zu vielem Waschen geht die Farbe aus dem Fell!"

„Unsinn", rief Alpakalinle. „Haare bleichen nicht durch waschen! Was für eine blöde Ausrede! Wasser schadet Haaren nicht!"

In diesem Augenblick kam der weißhaarige Ralphus um die Ecke. „Siehst Du?" rief triumphierend der Osterhase. Als danach auch noch der kahle Ralf Neubohn des Weges kam, beschloss das Alpaka tief erschüttert, sich nie wieder die Haare zu waschen. Der Osterhase hatte vollkommen Recht: Haare waschen ist gefährlich!

# Haare

Alpakalinle wunderte sich beim Anblick des Nikolauses immer, warum diesem die Haare vom Kopf bis unter die Nase gerutscht waren. Saßen Haare so locker, dass sie einfach verrutschen konnten? Und warum schob sie der Nikolaus nicht wieder nach oben? Weshalb sprach er von „Bart"?

Der Nikolaus belehrte Alpakalinle: „Haare im Gesicht heißen Bart. Das hat nichts mit sonstigen Haaren zu tun."

„Aha", dachte Alpakalinle. „Dann habe ich also sogar Vollbart im Gesicht."

Dieses Wissen machte unser Alpaka sehr stolz, bis eines Tages der Weihnachtsmann sagte: „Du hast keinen Vollbart, Du hast Fell im Gesicht."

Nun stürzte das Alpaka vollends in Verwirrung. „Ich dachte Haare im Gesicht heißen Bart? Warum heißen sie plötzlich Fell? Bedeutet dies, dass der Weihnachtsmann Fell im Gesicht hat und keinen Bart? Ein wahrhaft haariges Rätsel! Sogar richtig widerhaarig!"